Mi biblioteca de ciencias

Estudiamos la Tierra
Kimberly M. Hutmacher

Editor del contenido científico:

Shirley Duke

rourkeeducationalmedia.com

Teacher Notes available at
rem4teachers.com

Science Content Editor: Shirley Duke holds a bachelor's degree in biology and a master's degree in education from Austin College in Sherman, Texas. She taught science in Texas at all levels for twenty-five years before starting to write for children. Her science books include *You Can't Wear These Genes, Infections, Infestations, and Diseases, Enterprise STEM, Forces and Motion at Work, Environmental Disasters,* and *Gases*. She continues writing science books and also works as a science content editor.

© 2014 Rourke Educational Media

All rights reserved. No part of this book may be reproduced or utilized in any form or by any means, electronic or mechanical including photocopying, recording, or by any information storage and retrieval system without permission in writing from the publisher.

www.rourkeeducationalmedia.com

Photo credits: Cover © Andrea Danti, alin b., Christopher Ewing; Pages 2/3 © Matt Antonino; Pages 4/5 © zzoplanet, pio3; Pages 6/7 © TranceDrumer; Pages 8/9 © Mopic, Matt Antonino, Andrea Danti; Pages 10/11 © Qfl247, beboy; Pages 12/13 © Ocean and Design, Christian Lopetz, Ikluft; Pages 14/15 © Anthro, Christopher Eng-Wong Photography; Pages 16/17 © Miao Liao; Pages 18/19 © Santi Rodriguez; Pages 20/21 © IKO, Heide Hellebrand

Editor: Kelli Hicks

My Science Library series produced by Blue Door Publishing, Florida for Rourke Educational Media.
Editorial/Production Services in Spanish
by Cambridge BrickHouse, Inc.
www.cambridgebh.com

Hutmacher, Kimberly M.
Estudiamos la Tierra / Kimberly M. Hutmacher.
(Mi biblioteca de ciencias)
ISBN 9781627172844 (soft cover - Spanish)
ISBN 9781627174923 (e-Book - Spanish)
ISBN 978-1-61810-224-9 (soft cover - English)

Rourke Educational Media
Printed in the United States of America,
North Mankato, Minnesota

rourkeeducationalmedia.com
customerservice@rourkeeducationalmedia.com
PO Box 643328 Vero Beach, Florida 32964

Contenido

Maravillosa Tierra	4
Pelando las capas de la Tierra	6
Un rompecabezas gigante	12
Esculpiendo la Tierra	14
Demuestra lo que sabes	22
Glosario	23
Índice	24

Maravillosa Tierra

Vivimos en el asombroso planeta Tierra, ¡y una de las cosas que hace a la Tierra más asombrosa somos nosotros! La Tierra es el único planeta conocido en el que es posible la vida humana. Vamos a observar a la Tierra más de cerca, desde adentro y desde afuera.

Datos asombrosos:

La Tierra es el quinto planeta más grande y sirve de hogar a más de 8 millones de especies.

La Tierra también es conocida como el Planeta Azul, porque el 70 por ciento de su superficie está cubierta de agua.

Pelando las capas de la Tierra

La Tierra tiene una **corteza**, un **manto** y un **núcleo**. ¿Cómo sabemos esto? Los **geólogos**, que son científicos que estudian la Tierra, nos proporcionan toda la información.

La capa exterior de la Tierra se llama corteza. Es la parte rocosa de la Tierra, que está cubierta por el suelo y las hierbas de nuestro patio. Las montañas y la tierra del fondo de los océanos también son partes de la corteza terrestre.

La montaña Schilthorn, en Suiza, es parte de la corteza que ha sido desplazada hacia arriba por el movimiento de las placas tectónicas.

Debajo de la corteza terrestre hay una capa gruesa de roca caliente y semisólida llamada manto superior e inferior. Debajo del manto está el núcleo de la Tierra. La parte exterior del núcleo se compone mayormente de hierro líquido caliente, mientras que el núcleo interno es de hierro sólido.

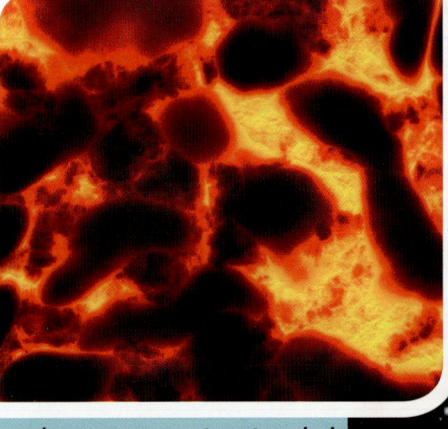

El calor proveniente del núcleo derrite las rocas y forma el manto.

Las rocas calientes se mueven lentamente dentro del manto y llevan calor hacia arriba mientras se desplazan dentro de la Tierra. Esto derrite la corteza, causando terremotos en la corteza más rígida.

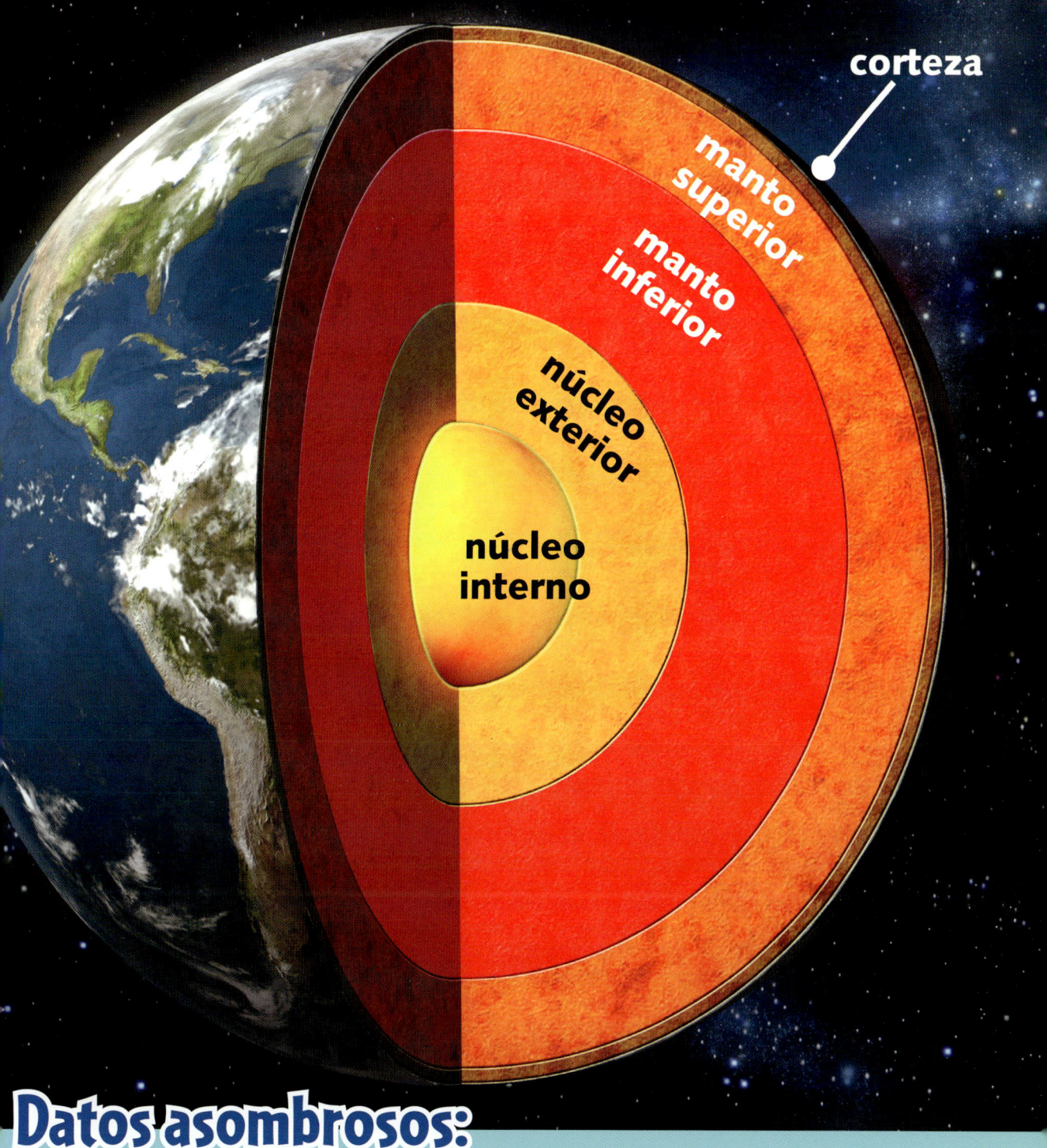

Datos asombrosos:

El grosor de la corteza terrestre varía. En el fondo de los océanos, el grosor de la corteza tiene una media de unas 4 millas (6.4 km). La corteza continental es más gruesa, con una media de unas 19 millas (30 km) y puede llegar a 37 millas (60 km) en las coordilleras. El manto tiene un grosor de unas 1,800 millas (2,900 km.).

Los científicos estudian la Tierra para recopilar información por distintos motivos. Los geólogos estudian la corteza terrestre para tener una mejor idea de su historia y de las fuerzas que la formaron. Los sismólogos estudian la información recopilada sobre la estructura de la Tierra para localizar terremotos y fallas.

La información recopilada por los geólogos se utiliza en la construcción, en los planes para preservar el medio ambiente y en localizar recursos naturales como el carbón, el petróleo y el gas natural.

Los vulcanólogos estudian volcanes activos y recolectan muestras de gases atrapados debajo de la **lava** solidificada. Ellos usan la información que aportan estas muestras para ayudar a predecir actividades volcánicas futuras.

Además de tomar muestras de gas, los vulcanólogos toman muestras de ceniza, rocas y lava.

El magma del manto es forzado a subir por una abertura en forma de chimenea debido a la presión y los gases de las millas de rocas derretidas que hay en el interior de la Tierra. Luego, explota hacia afuera del cráter y fluye hacia abajo.

Un rompecabezas gigante

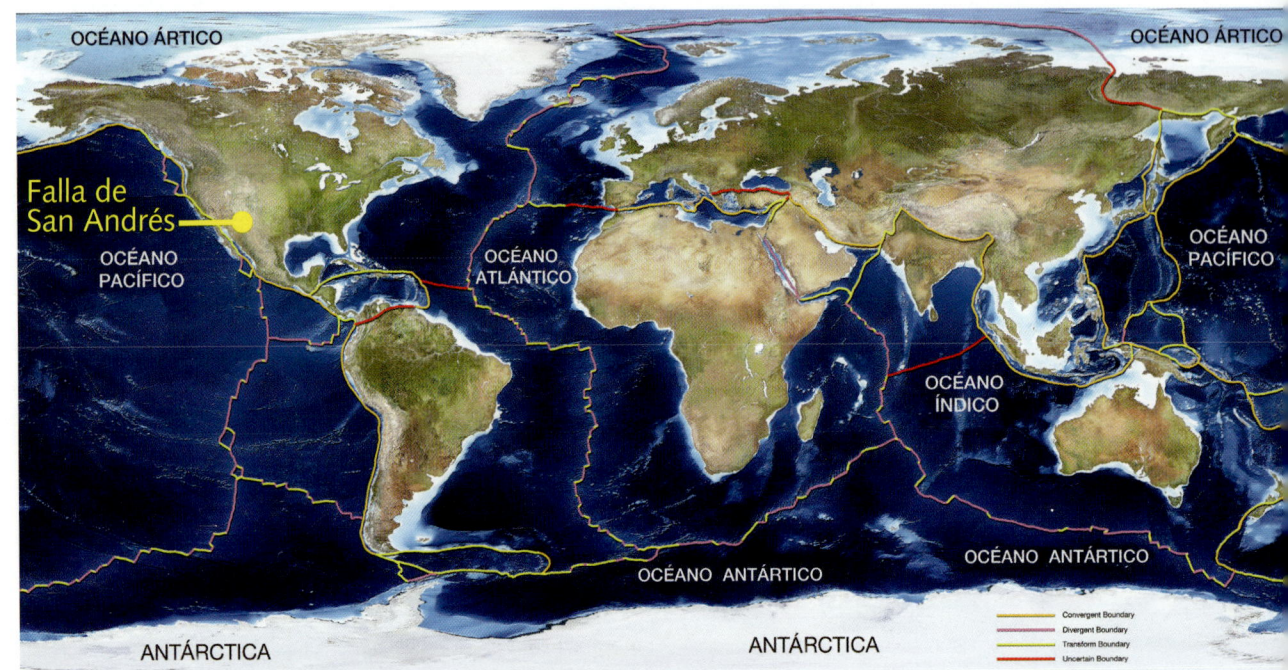

Este mapa muestra las divisiones de las placas tectónicas de la Tierra y cómo encajan como un rompecabezas gigante.

La corteza terrestre está partida en muchos pedazos llamados **placas**. ¡Las placas encajan como en un rompecabezas gigante!

Las fallas marcan el límite entre dos placas tectónicas. La falla más famosa en los Estados Unidos es la falla de San Andrés, localizada donde coinciden las placas tectónicas de América del Norte y del Pacífico.

La falla de San Andrés es un ejemplo de falla de desgarre. Las dos placas se deslizan una contra la otra y se atascan. Cuando se liberan, ese movimiento brusco causa un terremoto.

Esculpiendo la Tierra

Las masas continentales y acuáticas de la Tierra cambian constantemente. Las placas de la Tierra chocan y se deslizan, metiéndose unas por debajo de las otras en cámara lenta. Con el paso del tiempo, la capa oprimida empuja hacia arriba y forma una cordillera.

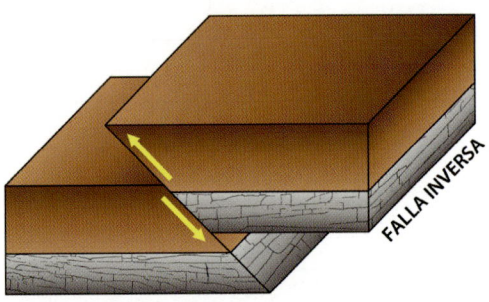

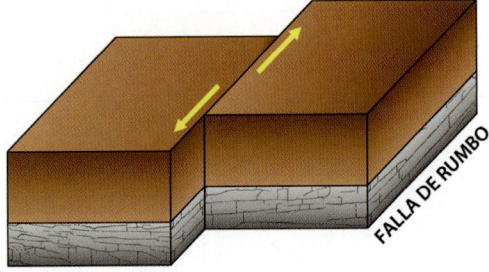

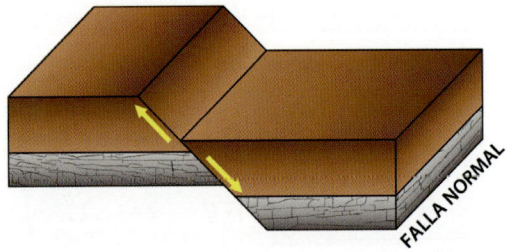

Las líneas de fallas marcan los límites entre dos placas tectónicas y sus desplazamientos han creado y continuarán formando la geografía terrestre.

Este es uno de los 100,000 glaciares que hay en Alaska. Parece una cantidad muy grande, pero los glaciares solo cubren el cinco porciento de la superficie del estado.

   El movimiento de las aguas cambia la forma de la Tierra. Las capas de nieve que se forman en las cimas de las montañas forman a su vez capas gigantes de hielo llamadas **glaciares**. Cuando un glaciar se desliza, sobre el curso de millones de años, arrastra consigo rocas y forma grandes valles.

Las aguas turbias llevan arena, suelo y gravilla que tallan las rocas sólidas formando **cañones** profundos.

Una cuenca es un territorio donde la lluvia corre hacia los arroyos. Los arroyos son corrientes de agua que alimentan a otras y forman eventualmente un río. Las **bahías** se forman a lo largo de las costas cuando el aire y el agua se llevan las rocas sueltas y dejan las rocas más sólidas y resistentes en contacto con el agua.

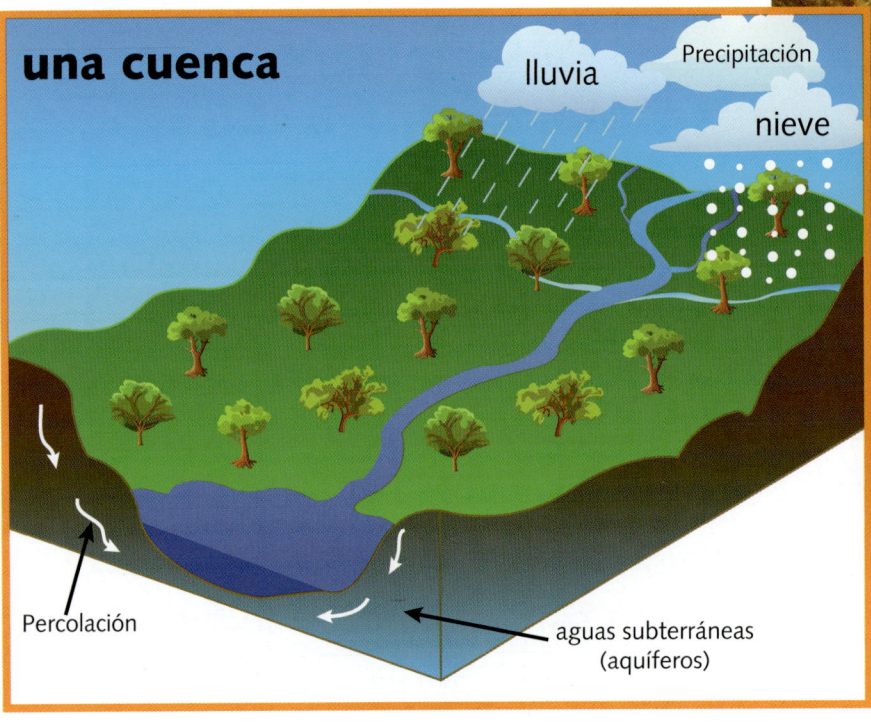

La congelación y la expansión del agua también forman cañones. El agua fluye dentro de las hendiduras de las rocas y cuando se congela aumenta de volumen, esto empuja y rompe las rocas.

El agua en movimiento de los ríos deposita rocas y fango, llamados **sedimento**, en el agua poco profunda. Con el tiempo, el sedimento puede ser empujado hacia arriba, formando una isla. Las islas también se pueden formar como consecuencia de la acumulación de **magma** y cenizas después de la erupción de un volcán. Las penínsulas también se pueden formar de esta manera. El cambio de los niveles de las aguas pueden exponer tierra firme y formar una península. Algunas veces los lagos son excavados por glaciares, aunque también se pueden formar por movimientos de la corteza terrestre.

El lago Bohinj, formado por un glaciar, es el lago natural permanente más grande de Eslovenia.

Una isla está rodeada de agua por todas partes. Una península está conectada a tierra firme, pero tres de sus lados están rodeados de agua.

Una llanura es un área baja, plana y horizontal o con una pendiente suave. Las mesetas son similares a las llanuras, pero se encuentran en áreas más elevadas y tienen al menos una pendiente abrupta y un área superior plana. Las mesetas y llanuras se pueden formar por movimientos de la corteza terrestre, por el movimiento desgastante de las aguas de mares que ya no existen o por la lava que fluye de los volcanes.

Las praderas cubren llanuras secas como las Grandes Llanuras de los Estados Unidos. Muchas de esas llanuras tienen suelos fértiles para sembrar.

La meseta del Parque Nacional Tierra de Cañones en Utah fue formada por los ríos Green y Colorado hace mucho tiempo.

A diario, el movimiento de las placas de la Tierra, junto al viento y el agua, transforman el paisaje. La Tierra cambia todos los días, ¡por dentro y por fuera!

Demuestra lo que sabes

1. ¿Cómo se llaman los científicos que estudian la Tierra por dentro y por fuera?

2. Describe las tres capas de la Tierra.

3. Nombra al menos dos fuerzas que pueden cambiar la forma de la Tierra.